Ursula Zorn
Das Tagebuch einer Krankenschwester

Eine Zeitreise durch die Psychiatrie

Ursula Zorn

Das Tagebuch einer Krankenschwester

Eine Zeitreise durch die Psychiatrie

Re Di Roma-Verlag

Bibliografische Information der Deutschen Nationalbibliothek:
Die Deutsche Nationalbibliothek verzeichnet diese Publikation in der Deutschen Nationalbibliografie; detaillierte bibliografische Daten sind im Internet über http://dnb. ddb. de abrufbar.

ISBN 978-3-86870-159-3

Umschlagillustration: Luisa (photocase.de)

www. rediroma-verlag. de
9,95 Euro (D)

Einleitung:

Mein Name ist Ursula Zorn.
Ich wurde im Januar 1956 als zweites Kind von vier Geschwistern in einem Dorf zwischen Leipzig und Dresden (Sachsen) in Ostdeutschland geboren. Wir lebten in einfachen Verhältnissen, so wie auch tausende Familien in der ehemaligen DDR. Meine Mutter arbeitete, solange ich denken kann, in der Wäscherei der hiesigen Klinik, in Hubertusburg. Ich besuchte nach der Schule oft meine Mutter in der Wäscherei. Ich bin sozusagen mit der Klinik und dessen Insassen groß geworden. Ich sah jeden Tag die psychisch kranken Patienten zur Arbeit gehen, damals noch auf die Felder, in die Gärtnerei, Großküche usw.
Als ich 13 Jahre war, ging ich in den Sommerferien über 4 Jahre (bis zur Mittleren Reife) für 4 Wochen in die Wäscherei, wo meine Mutter arbeitete, um mir etwas Taschengeld zu verdienen. Dort hatte ich den ersten Kontakt zu Patienten, die zu dieser Zeit im Rahmen der Arbeitstherapie dort arbeiteten. Eine »Schnupperwoche« auf einer Station habe ich aber nie absolviert, da ich noch minderjährig war.
Nach dem erfolgreichen Abschluss der mittleren Reife bewarb ich mich mit 16 Jahren als Schwesternschülerin in den Krankenanstalten

Hubertusburg, wie sich die Klinik damals noch nannte. Ich hatte Glück und begann am 01.09. 1972 meine Lehre als Krankenschwester.
Ich genoss in den 3 Jahren Lehrzeit eine solide Ausbildung auf jeder Abteilung, die der Klinik damals zur Verfügung stand.
1975 erhielt ich meine Berufserlaubnis, mein Examen und meinen Fachschulabschluss. Stolz übernahm ich meine Schwesternhauben, die bei mir leider nicht zum Tragen gekommen sind, da diese bei einem Schwesternkongress in Dresden abgeschafft wurden.
1975 begann ich meine Berufstätigkeit im ehrwürdigen Schloss Hubertusburg, auf der »Geschlossenen«, damals noch in Abwehr, weil ich mir meine Zukunft als Krankenschwester wohl etwas anders vorgestellt hatte.
Mehr als einmal habe ich mich gefragt, wozu ich 3 Jahre gelernt hatte, wenn ich mein Wissen nicht angemessen anwenden konnte. Ich wurde im Laufe der Jahre eines Besseren belehrt.
1978-1979 absolvierte ich in Leipzig für 1 Jahr die Ausbildung zur Fachkrankenschwester für Psychiatrie und schloss diese erfolgreich ab.
1980 übernahm ich 24jährig die geschlossene Frauenstation mit damals 85 Patienten und 13 Schwestern.
1983-1985 arbeitete ich in einer Zahnarztpraxis, die damals noch zur Klinik gehörte, um Abstand

zu gewinnen.
1985 ging ich wieder meinem erlernten Beruf nach und fing meine Tätigkeit auf einer geschlossenen Männerstation an.
1988 übernahm ich die Station als Leiter, mit 45 Patienten und 12 Schwestern und Pflegern.
1988-1989 absolvierte ich eine Ausbildung (damals Mittelstufe genannt) als Stationsleiter und schloss diese erfolgreich ab.
Diese Tätigkeit übte ich bis 1994 aus und meldete mich im Frühjahr des gleichen Jahres von der »Geschlossenen« ab. Hut ab den Schwestern, die diese schwere Arbeit dort tätigen.
1994 fing ich eine Tätigkeit als Krankenschwester in einer psychiatrischen Reha-Station an, mit unterschiedlichen psychiatrischen Krankheitsbildern.
2002 arbeitete ich in einer akuten Suchtstation bzw. in der Nachbehandlung von suchtkranken Patienten.
2004 Tätigkeit als Schwester in einer Station für Drogenkranke.
2006 Meine jetzige Tätigkeit als Schwester in der Abteilung für Psychotherapie.

Das Tagebuch einer Krankenschwester

Eine »Zeitreise«durch die Geschichte der Psychiatrie

Meine authentischen Erlebnisse und Erfahrungen während meiner langjährigen Tätigkeit als Krankenschwester in der Psychiatrie.

Ich hatte von 1972-1975 meine Lehre als Krankenschwester erfolgreich und mit Berufserlaubnis abgeschlossen.
Mein Gebiet (was mir lag), war die Neurologie. Leider erfüllte sich dieser Wunsch nicht, wobei das »leider« heute nicht mehr relevant ist. Damals war ich aber bitter enttäuscht, als ich nach der Lehre erfuhr, in der Psychiatrie tätig sein zu müssen.
Mein erster Arbeitstag (ich war 19 Jahre und junge Schwester – ohne Erfahrung, die wollte ich ja erst sammeln) war der reinste Horror.
Diesen Tag, glaube ich, werde ich nie vergessen. Es war der 15. Februar 1975, ein sehr kalter Wintertag.
Die verschiedenen Abteilungen für Psychiatrie befanden sich damals in einem großen Schlossgebäude mit insgesamt 8 Stationen.
Ich begann meinen Dienst an diesem Tag auf einer geschlossenen Abteilung für Frauen.
Die Station umfasste 85 weibliche Patienten (im

Alter von 18-80Jahren), untergebracht in riesengrossen Sälen, insgesamt 5 Sälen, in denen jeweils mindestens 15 Betten untergebracht waren. Es gab einen riesengrossen »Tagesraum«, in dem sich 85 Patienten tagsüber unter Aufsicht des Personales aufhielten. Dieser »Saal« war dann für das erste Jahr auf dieser Station mein Betätigungsfeld.
Mit viel Angst, aber auch in Erwartung, was da kommen mag, absolvierte ich Tag für Tag meinen Dienst mit allen anfallenden Aufgaben. Trotz meiner anfänglichen Ängste stellte ich fest, dass ich nach einiger Zeit die meisten Patienten vom Wesen her recht gut kennen lernen und somit gegenseitiges Vertrauen aufbauen konnte. Meine Stationsschwester hatte sich also etwas dabei gedacht, mich für ganz lange Zeit in den »Saal« zu stecken, was mir vorher gar nicht so bewusst war. Das gab mir die Möglichkeit, die Patienten und dessen Beschwerden besser zu verstehen.

An den Fenstern waren überall Gitter angebracht. Ich kam mir vor wie in einem Gefängnis. Da die Station geschlossen war, hatten die Schwestern für sämtliche Säle und Nebenräume die Schlüsselgewalt. Der schwere Schlüsselbund befand sich bei jeder Schwester »am Mann«, das heißt, an einem Ledergurt am Gürtel des

Schwestern-Kittels befestigt, um »Schlüsselklau« durch die Patienten zu verhindern. Der Gurt wurde jedoch kurze Zeit später abgeschafft, um diese »Knasteigenschaft« zu entkräften.
Geheizt wurde mit Kohlen und Holz in »Berliner Öfen«. Die Räume waren riesengroß und sehr hoch. Es war bitterkalt und praktisch gar nicht zu beheizen. So trug ich außer meinem Kittel noch dicke Pullover und Winterschuhe.
Beheizt wurde die Station durch die Schwestern mit Hilfe der Patienten. Die heißen Öfen stellten für die Patienten eine zusätzliche Gefahr dar. Gott sei Dank ist da nie etwas Schlimmeres passiert.
Die Station wirkte auf mich furchterregend, kalt und dunkel. Ich hatte mich da schon sehr erschreckt.
Die Arbeitsbedingungen waren (nach heutigen Gesichtspunkten) katastrophal.
Die hygienischen Zustände waren unzumutbar. Für 85 Patienten standen 8 Toiletten, 10 Waschbecken und zum Badetag 4 Badewannen zur Verfügung. Am Badetag wurde das meiste Personal eingesetzt, eben so: 4 Wannen, 4 Schwestern (an jeder Wanne eine Schwester), eine Schwester zur Haarpflege, eine Schwester zur Nagelpflege und zwei Schwestern zum Zubringen der sauberen Wäsche jedes einzelnen

Patienten.
Das war immer wie ein richtiger Großeinsatz und unter den Schwestern als »Strafdienst« verschrieen. So in der Art: »Na, wen kann die Stationsschwester heute nicht leiden?« Aber wir hatten trotzdem Spaß dabei, so als ob das die schwere Arbeit leichter machte. Oft bestätigte sich das auch.
Damals trug ich als Frisur noch eine Dauerwelle in halblangen Haaren. Da das Bad ja mit Kohle beheizt wurde, herrschte feucht-warmes Klima und das ganze Bad stand unter Dampf. Meine Frisur war immer dahin und ich und meine Kollegen sahen aus, wie aufgeplatzte Polstersessel. Wir lachten oft über uns gegenseitig.
Danach war Wäschewaschen angesagt, in einem Holzzuber mit Strom betrieben. Jedes einzelne Wäschestück musste angefasst und sortiert werden. Im Zuber war die Wäsche dann wie ein einziger Knoten und musste erstmal entknotet werden. Dies kostete viel Zeit und Nerven. Später entfiel diese Arbeit, da die Wäscherei dann alle Materialien wusch. Dies war eine anstrengende Arbeit und wir Schwestern sangen uns manchmal den Frust von der Seele, mit Hits, die gerade »in« waren, ganz spontan also.

Die persönliche Kleidung der Patienten war in

einer sogenannten Wäschekammer verschlossen. Die Patienten hatten somit keinerlei Privatsphäre, nur ihren beengten Bereich um ihr Bett.
Jeder Patient hatte eine persönliche Nummer in seiner Kleidung, um überhaupt eine Übersicht zu haben, welchem Patienten was gehörte. Die Nummern wurden teils vom Personal, aber auch von Patienten in die Kleidung gestickt.
Wobei ich noch anmerken möchte, dass ich jeden Patienten mit Namen angesprochen und auch im Laufe der Jahre die Kleidernummern im Kopf hatte. Was ich sagen will – der Patient war nicht nur eine Nummer. Später gab es für je zwei Patienten einen Kleiderschrank. Es gab vor den Fenstern keine Gardinen – die kamen erst viel später.
Ich kann mich erinnern, dass ich anfangs wochenlang zu Hause weinte, am liebsten nicht zum Dienst gehen wollte und sogar meinen heißgeliebten Beruf in Frage stellte.
Die ersten 3 Jahre auf dieser Station waren für mich wie ein Alptraum – mit viel Gespanntheit und Ängsten verbunden. Mir war oft in dieser Zeit so, als ob ich mich in einem Science-Fiction-Film bewege.
Das alles übertraf anfangs meine Vorstellungskraft. Obwohl ich in dem Ort und somit indirekt mit der Klinik aufgewachsen bin,

wusste ich bis dahin nicht, dass es in der Klinik Menschen gab, die unter solch widrigen Zuständen untergebracht waren.
Von »Personalmangel« konnte damals noch keine Rede sein. Auf Station waren 13 bis 15 Pflegekräfte beschäftigt.
In den ersten Jahren meiner Tätigkeit auf der »Geschlossenen« füllte man immer mehr die pflegerischen Hilfskräfte durch qualifizierte Schwestern auf. Dies war der erste Schritt, den Patienten die notwendige Behandlung durch ausgebildete Fachkräfte zuteil werden zu lassen.
Anfangs 1975 gab es 8 pflegerische Hilfskräfte und 5 qualifizierte Schwestern. Es war in meinen Anfängen für mich ziemlich schwer Neues in den Stationsalltag einzubringen – wegen der«Betriebsblindheit«, die sich ja nach vielen Jahren oft einschleicht.
Die Standardphrasen, die ich stets zu hören bekam: »neue Besen kehren gut«, «rieche du erstmal hierein«, sprich: »Bewähr dich erstmal«.
Das Personal (schon Jahre auf Station tätig) wirkte anfangs auf mich »hart verpackt«, und ich hatte den Eindruck, dass manche Schwestern (die schon lange unter diesen Bedingungen arbeiteten), bis zu einem gewissen Punkt abgestumpft waren. Später musste ich feststellen, dass etwas Abstumpfung normal zu sein schien, sonst hätte auch ich über die Jahre dort nicht

bestehen können.
Das heißt, eine gesunde Abgrenzung war und scheint auch heute noch richtig zu sein. Damals jedoch sagte mein Ethos als Krankenschwester etwas anderes. Meine Gefühle fuhren manchmal Achterbahn, gab es doch damals mehr als genug Widersprüche in der Art und Weise der Pflege dieser Patienten.
Die Arbeit an sich war schwer, vor allem die Nebentätigkeiten (wie Heizen, Putzarbeiten, Waschen und Sortieren der Wäsche etc.). Die Patienten boten ganz unterschiedliche Krankheitsbilder. Die Geräuschkulisse (bei 85 Patienten) war mitunter unerträglich und schwer auszuhalten.
Tätliche Auseinandersetzungen unter den Patienten waren an der Tagesordnung, Übergriffe auf das Personal nicht selten.
Es gab zu dieser Zeit kaum geeignete Medikamente und wenn, dann mit starken Nebenwirkungen.
Neben der Medikation, die für die jeweiligen Krankheitsbilder damals noch nicht ausgereift war, kamen noch andere Behandlungen zum Einsatz.
Mitte der 70ger-Jahre wurden bei schweren Krankheitsbildern die so genannten EKBs (Elektoschockbehandlung) praktiziert.
Für mich hatten die EKBs immer einen bitteren

Beigeschmack, obwohl ich Patienten erlebt habe, dessen Zustand sich tatsächlich besserte.
Ebenso im gleichen Zeitraum erlebte ich bei alkoholkranken Patienten auf der »Geschlossenen« sogenannte »Trinktouren«. Dort bekamen die Patienten in einer »Sitzung« Alkohol im Übermaß verabreicht. Selbstverständlich immer unter Aufsicht des Personales, mit regelmäßiger Kontrolle der Vitalfunktionen.
Dadurch sollte erreicht werden, dass den Patienten der Alkohol für immer versagt bleiben sollte und sie empfinden sollten, wie schlecht es ihnen geht und wie schädlich ein ungesunder Genuss von Alkohol ist.
Ein riskantes Unterfangen. Für mich ein unhaltbarer Zustand, stellte es mich doch vor die moralische Frage, den Menschen ihre Gesundheit zu erhalten und sie nicht zu schädigen.
Zum Glück musste ich dies nur einmal erleben, da sich in der Zwischenzeit eine Station für Suchtkranke etabliert hatte und solche Behandlungen kein Thema mehr waren.
Weiter war es oft nicht zu vermeiden (bei Erregungszuständen der Patienten) ihnen eine Fixierung am Bett zu ersparen, wegen Selbst- und Fremdgefährdung.
Dafür gab es Fuß- und Handschlaufen und eine »feste Decke«, die über den Patienten im Bett gespannt wurde. Außerdem gab es noch, im

Volksmund bekannt, die »Zwangsjacke«.
Bei den klassischen Fixierungen waren die Patienten ans Bett gebunden. Die Zwangsjacke hatte den »Vorteil«, dass die Patienten (trotz Fixierung) mobil bleiben konnten und manchmal ruhiger wurden.
Die Zwangsjacke wurde gegen Ende der 70iger ganz aus der Psychiatrie verbannt, sodass nur noch »normale Fixierungen« erlaubt waren. Eine Sichtüberwachung, wie sie heute praktiziert wird, war damals nicht möglich. Ein Fixierungs-Protokoll existierte in der Form wie heute ebenfalls nicht, deshalb waren Sitzwachen nicht selten. Ein Zustand, der heute in der Psychiatrie undenkbar und unverantwortlich wäre. So zeigt sich die Psychiatrie heute human, da Fixierungen heute streng gesetzlich verankert sind.
Diese Aktionen und die Beaufsichtigung (als Hauptaufgabe!) der 85 Patienten in einem Tagesraum waren sehr anstrengend und auch mit Anspannung und Ängsten verbunden. Blaue Flecke und mitunter auch Prellungen blieben bei solchen Aktionen auch bei mir nicht aus, ganz zu schweigen von den Kopfschmerzen, die ich anfangs in der Eingewöhnungsphase oft hatte. Doch wie sagt man im Volksmund: »Der Mensch ist ein Gewohnheitstier.«
Ich arbeitete nun seit 3 Jahren in der »Ver-

wahrpsychiatrie«. Über diesen Begriff bin ich immer wieder gestolpert, möchte mich aber hierzu noch nicht weiter äußern.
Irgendwann in den ersten 3 Jahren identifizierte ich mich mit meinen Aufgaben auf der »Geschlossenen«, da diese Patienten ein Recht auf eine optimale Behandlung hatten, obwohl ich immer mit mir gehadert habe, da diese Patienten nicht menschenwürdig untergebracht waren.
Dies war für mich eine moralische Frage, auf die ich lange keine Antwort finden konnte. Heute, in der modernen Medizin, habe ich sie. Die Patienten waren damals machtlos, das Personal war es aber auch oder hatte nur bedingt Einfluss auf Veränderungen. So etwas muss reifen und die Zeit dafür war auch nicht reif.
Ich hatte oft ein schlechtes Gewissen, ob das alles richtig ist, was ich so tue, ob es genug ist und auch, ob es sich überhaupt lohnt.
Eine aufkommende Resignation konnte ich manchmal nicht verhindern, jedoch ging es in langsamen Schritten voran, wie man heute sieht.
Also hatte ich mich entschlossen, trotz der widrigen Umstände das Beste daraus zu machen. Meine Vorgesetzte war eine sehr erfahrene Stationsschwester, von der ich sehr viel gelernt habe und die mich immer wieder dazu ermunterte, weiterzumachen. Dafür bin ich ihr

heute noch dankbar.
1978 nahm ich an einer Weiterbildung zur Fachschwester für Psychiatrie und Neurologie erfolgreich teil. Sie dauerte 1 Jahr und wurde nach der Wende weiter anerkannt.
1980 ging unsere Stationsschwester in Rente. Ich bekam das Angebot, die »Geschlossene« als Leiter zu übernehmen und gleich die dazugehörige Ausbildung zu absolvieren.
Die Station übernahm ich damals, die Ausbildung dafür wurde auf später verschoben.
Dafür bekam ich zwischen 1978 und 1989 die Gelegenheit, an Schwesterntagungen in Brandenburg und Ückermünde teilzunehmen. Dies diente dem Erfahrungsaustausch zwischen den psychiatrischen Kliniken. Was Weiterbildungen betraf, war man zu DDR-Zeiten sehr großzügig, sodass ganz viele Mitarbeiter die Gelegenheit einer soliden Weiterbildung bekamen, die auch nach der Wende anerkannt wurde. In der Zeit fanden auch einmal jährlich die »Hubertusburger Gespräche« als Erfahrungsaustausch statt. Da die Klinik einen großen Einzugsbereich für psychisch Kranke hatte, fanden die Gespräche immer in einem anderen Ort statt, sodass viele Schwestern die Gelegenheit hatten, daran teilzunehmen.

Aus dem eigenen Team als Stationsschwester

hervorzugehen, war für mich ein »Marathonlauf«. Der Bezug zu meinen Kollegen hatte sich über Nacht verändert. Außerdem war ich immer noch die Jüngste auf Station, das Küken also.

Ich war auf die Mitarbeiter und dessen Erfahrung angewiesen. Anfangs ließen mich meine Kollegen im Regen stehen, und ich musste gegen den Strom schwimmen. Das war keine so gute Erfahrung und anfangs sehr anstrengend. Doch irgendwann akzeptierten die Kollegen die Veränderungen und das Arbeitsklima besserte sich zusehends.

Diese Funktion übte ich von 1980-1983 aus. Da war ich 9 Jahre auf der Geschlossenen tätig. In der Psychiatrie hatte sich in den Jahren doch einiges geändert, auch was die äußeren Bedingungen betraf. Ehemalige Zellen (im Volksmund als »Gummizellen« bekannt) wurden als gemütliche 2-Bett-Zimmer eingerichtet-für ruhigere Patienten .

Jedoch hatte sich die »Verwahrpsychiatrie« über die »Drehtürpsychiatrie« in eine therapeutische Gemeinschaft gewandelt. Patienten wurden weitestgehend und im Rahmen der damaligen Möglichkeiten nach Krankheitsbildern eingewiesen, sodass mehr Struktur in die Behandlung kam. Es gab inzwischen einen Hole- und Bringedienst für die Speisenlieferung, Wäsche-

und Materiallieferung. So mussten die Patienten ihre Speisen nicht mehr mit dem Bollerwagen selbst holen oder die Wäsche nicht mehr selbst zur Wäscherei bringen usw. (übrigens stets bei jedem Wetter in Begleitung des Personales).
Die Arbeitstherapie machte einen großen Teil der Therapien aus.
Außerdem wurden Abendbeschäftigungen eingeführt (wie Malen, Spiele Leseabende, Fernsehabende, Singeabende usw.), was bei unseren Patienten am Anfang sehr schwierig war, sich aber bewährte und lohnte.

Erwähnen möchte ich noch in den schweren Jahren den Zusammenhalt und die Wärme des Personals untereinander. In Erinnerung sind mir noch schöne Feiern, Gartenfeste, Grillabende geblieben. Davon zehre ich heute noch.
Bei mir jedoch waren nach 9 Jahren »die Batterien leer«.
Also Neuorientierung!

Fazit von 1975-1983:

Ich möchte die Arbeit und meine Erfahrungen in dieser Zeit (nach heutigen Gesichtspunkten) nicht missen.
Es gab, trotz der maroden äußeren Bedingungen, unzählige schöne Momente und Erlebnisse.

Allein die Organisation von Patienten-Feiern, Gartenfesten, Tanzveranstaltungen, Ausflügen, waren für mich tolle Momente. Die Dankbarkeit und das Vertrauen von Seiten der Patienten war in solchen Augenblicken grenzenlos, bestätigte dies doch die Richtigkeit unserer Aktivitäten, diese Menschen an einem normalen Leben teilhaben zu lassen und ein Gefühl von Lebensfreude zu ermöglichen.

Mein weiterer Werdegang von 1983 bis zur Wende:

1983-1985 war ich beruflich weit weg von der Psychiatrie.
Ich arbeitete bei einem Zahnarzt als Sprechstundenschwester.
Die Arbeit dort lag mir und es machte mir Spaß, wieder mit der »Normalität« in Berührung zu kommen. Diese arbeitsmäßige Abwechslung war wie ein Jungbrunnen für mich, und gab mir ein ganz neues Lebensgefühl.
Aber es sollte wohl so sein, dass alles ganz anders kam als gedacht.
1985 verzog »mein« Zahnarzt leider und ich entschloss mich, wieder in meinen Beruf als Krankenschwester zurückzugehen.
Dies war in tiefsten Ostzeiten ja noch möglich, wobei der Bekanntheitsgrad und die Beziehungen sehr wohl eine große Rolle zu spielen schienen.

So fand ich mich im Oktober 1985 in der Abteilung für Psychiatrie wieder.
Ich wurde auf einer geschlossenen Abteilung für männliche Patienten eingesetzt. Und wieder dachte ich: »Schlimmer kann es ja nicht mehr kommen, mir scheint es auf der Stirn zu stehen, dass ich besonders für die geschlossenen Sta-

tionen geeignet bin.«
Ich wurde jedoch über die Jahre eines Besseren belehrt!

In den knapp 2 Jahren (wo ich der Psychiatrie den Rücken gekehrt hatte) hatte sich so einiges getan.
Die Stationsbezeichnungen waren verändert worden. Die Station, in der ich nun tätig war, wurde jetzt als Abteilung für Sozialpsychiatrie bezeichnet. Damit trat man der »harten« Bezeichnung der bisher genannten P.-Stationen entgegen.
Das Ziel wurde in der Stationsbezeichnung schon deutlich, nämlich, die Patienten an ein normales Leben heranzuführen, dies aufzubauen und zu fördern. Die Station hatte sich von der Patientenzahl her deutlich verkleinert.
Sie umfasste 45 männliche chronisch kranke Patienten.
Die Krankheitsbilder ähnelten sich, sodass auch mehr Struktur in die Behandlung kam. Die Hauptaufgabe war, diesen Menschen einen strukturellen Tagesablauf zu vermitteln.
Dazu war es nötig und wichtig, Regeln aufzustellen, um für die Aktivitäten des täglichen Lebens eine Basis zu schaffen.

Hierzu eine Aufführung eines Tagesablaufes an einem ganz normalen Wochentag auf der Geschlossenen, Mitte der 80er:

6.50-7.00 Dienstübernahme vom Nachtdienst
7.00-7.20 Wecken und Begrüßung der Patienten, dabei Kontrolle beim Bettenbauen und Unterstützung dabei, bzw. gleich Kontrolle im Schlafsaal auf Ordnung
7.20-7.40 ein bettlägerischer Patienten wird versorgt
7.40-8.10 Einnahme des Frühstückes der Patienten im gemeinsamen Tagesraum und Ausgabe der Medikamente unter Aufsicht des Personals (Für die Vorbereitung der Speisen war eine Küchenhilfe eingestellt worden – vorher war dies auch vom medizinischen Personal erledigt worden)
8.10-9.00 Kontrolle einiger Kleiderschränke (im Beisein des jeweiligen Patienten) auf Ordnung und Sauberkeit. Dies ging nicht immer ohne Probleme ab. Zu oft stieß das Personal da auf Widerstand, was sich später jedoch legte (Sicherung der Privatsphäre eines jeden Patienten, da diese durch die großen Schlafsäle schon sehr eingeschränkt war). Da gab es auf jeden Fall noch Änderungsbedarf.
9.00-9.15 Frühstück des Personals

9.15-9.45 Ein Patient erhält ein Reinigungsbad
9.45-10.30 8 Injektionen an 8 Patienten verabreicht
10.30-11.00 Stellen der Mittagsmedikamente
11.00-11.30 2 Patienten erhalten eine Ohrenspülung
11.30-12.00 Mittagessen verabreichen und Ausgabe der Medikamente
12.00-13.30 Mittagspause des Personals mit Dienst bis 19.00
In der Zeit Mittagsruhe der Patienten
Das Personal erledigt in dieser Zeit die Dokumentation und Reinigung des Dienstzimmers.
13.30-14.00 Stellen der Abendmedizin
14.00-14.30 Medizinschrankkontrolle auf Bestand der Medikamenten-Bestellung für Apotheke schreiben
14.30-15.00 Spritzen auskochen – Sterilisationsgut für Nachtwache vorbereiten
15.00-16.00 Post für behinderte und schreibunfähige Patienten erledigen (Schreiben von Briefen, bei genug Personal waren auch Spaziergänge möglich)
16.00-16.15 Schließdienst auf Station, einige Patienten kommen in personeller Begleitung von der Arbeitstherapie, einige Patienten dürfen ohne Begleitung in den Ausgang.
16.15-17.00 Vorbereitung des Abendbrotes (Butter, Brot und Wurst ect. schneiden)

17.30-18.00 Schließdienst (Ausgänger kommen zurück)
18.00-18.30 Verabreichung des Abendbrotes und verabreichen der Medikamente
18.30-18.45 Versorgung des bettlägerigen Patienten
18.45-19.00 Patienten-Dokumentation
19.00 Dienstübergabe an den Nachtdienst, den immer 2 Personale ausübten (aus Sicherheitsgründen).

Diese Aufgaben erledigten bis gegen 16.00 Uhr 3 qualifizierte Pflegekräfte und eine pflegerische Hilfskraft.
Ab 16.00-19.00Uhr standen 2 Pflegekräfte für 45 Patienten zur Verfügung.

Der Tagesablauf war natürlich ohne Zwischenfälle erstellt. Mit diesen musste man zu jeder Zeit und immer rechnen, was auch gar nicht so selten vorkam.

Dieser geregelte Tagesablauf stieß natürlich auf Barrieren, erregte bei den Patienten Widerstand, und Konfrontationen mit dem und gegen das Personal waren an der Tagesordnung.
Tätliche Auseinandersetzungen gegen Mitpatienten, aber auch gegen das Personal waren nicht selten, sodass die aggressive Stimmung

mitunter nur schwer zu ertragen war.
Wir waren insgesamt 12 Pflegekräfte für die Versorgung von 45 Patienten. Auf der Station waren 3 Schwestern tätig, alles andere waren Pfleger.
Für die weiblichen Pflegekräfte waren manche Situationen nicht ungefährlich, da bei aggressiven Patienten eine Fixierung unerlässlich schien. Die Hemmschwelle bei solchen Patienten schien gegenüber weiblichen Pflegekräften jedoch und »Gott sei Dank« recht hoch zu liegen. Abgesehen von ein paar blauen Flecken war ich immer verschont geblieben, und die männlichen Pflegekräfte hatten zum Glück keine grösseren Verletzungen davongetragen.
Die Arbeit mit männlichen Pflegekräften machte jedoch Spaß und gab mir auch eine gewisse Sicherheit.

Um den Patienten Struktur zu geben, wurden sie gezielt vor allem in der Arbeitstherapie eingesetzt.
Wenn möglich nach Fähigkeiten und Fertigkeiten, die durch die Krankheit eingeschränkt waren und gefördert werden sollten.
Davon hatte die Klinik allerhand zu bieten:
Z.B. Tischlerei, Klempnerei, Wäscherei, Gärtnerei, Küche, Heizhaus und die Schuhmacherei.
Auch das medikamentöse Angebot war breiter

gefächert als noch Mitte der 70er.
In Verbindung mit dem komplexen therapeutischen Angebot stellten sich auch Fortschritte ein.
1988 bekam ich das Angebot, die Station als Leiter zu übernehmen, mit der Option, mich als Stationsschwester weiterzubilden.
1989 schloss ich die Ausbildung als Stationsschwester erfolgreich ab.
Die männlichen Pflegekräfte schienen überhaupt kein Problem damit zu haben, dass eine weibliche Mitarbeiterin (noch dazu die jüngste) die Station leitete. Sie machten mir mit ihrem Miteinander und hinter mir stehend die Arbeit als Leiter relativ leicht.
Dafür bin ich ihnen noch heute dankbar.

Nun zu den vielen Nebenarbeiten, die viel Zeit in Anspruch nahmen und an der eigentlichen Behandlung der Patienten verloren ging. Das machte mich am meisten unzufrieden, da die Obhut und die Fürsorge der Patienten dadurch oft zweitrangig war.
Zu den Nebenarbeiten (immer mit personellem Aufwand verbunden) gehörten:
-Heranschaffen von Kohle und Holz
-Abtransport von vollen Aschekübeln
-Abtransport von sonstigen Abfällen (aus Küche und Papierkörben)

-Reinigungsarbeiten (im Sanitärbereich und sonstigen Nebenräumen)
Die Patienten reinigten ihre Schlafsäle (immer unter Anleitung des Personales) selbst, da zu dieser Zeit noch keine Reinigungskräfte für die Abteilung für Psychiatrie vorgesehen waren. Dies lag noch in weiter Ferne.
Eine Situation, die in heutiger Zeit nicht mehr denkbar wäre.
Die Arbeit in diesen uralten Gemäuern war schwer. Im Winter war es auf der Station bitterkalt und nass. Erstaunlicherweise waren ich und meine Kollegen relativ selten erkältet, sowie auch die Patienten.
Die Nachtschicht musste gegen 4.00 Uhr anfangen, die Öfen zu beheizen, sodass es zum Wecken der Patienten einigermaßen warm war. Es waren immerhin 10 Öfen zu beheizen.
Dadurch waren Schmutz und Dreck an der Tagesordnung, und es kostete viel Zeit, die Station einigermaßen sauber zu halten.
Dies war ein fast »utopisches Unterfangen«, da die Stationen riesengroß und ebenso hoch waren. Und Kohlestaub setzt sich überall ab und fest.
Von Hygiene keine Spur! Heute nicht mehr vorstellbar, würde doch heute jedes Krankenhaus bei hygienischen »Fehltritten« durch den »TÜV« rasseln. Es wurden zwar Hygiene- und

Arbeitsschutzbegehungen durchgeführt aber die Gegebenheiten waren nun mal so und nicht anders.

Im Rahmen meiner Ausbildung erhielt ich den Auftrag, über ein berufsethisches Thema zu schreiben, was ich auch tat.
Diese Thematik arbeitete ich 1989 aus und sie trifft auf die Entwicklung und die Sichtweise zum Thema Psychiatrie in der ehemaligen DDR zu.
Ich vermutete jedoch, dass die Entwicklung der Psychiatrie im Westen Deutschlands genau so brisant und gegenwärtig war, und im Westen eventuell auch nicht besser entwickelt war als im Osten.
Nur wurde nach der Wende vieles im Osten mehr unter die Lupe genommen, und die Thematik der Psychiatrie stand und steht oft im Fegefeuer.
Ich bin der Überzeugung, dass viele Kollegen, die in der Psychiatrie tätig waren und noch sind (in Ost und West), mir in meiner Meinung zustimmen werden.

Jetzt zu meiner Hausaufgabe:
»Der psychisch Kranke in unserer Gesellschaft« zum Zeitpunkt kurz vor der Wende.

In den letzten zehn Jahren (ca.1980-1990) ist in unserem Land (ehemalige DDR) sehr viel für die Rehabilitation psychisch und physisch geschädigter Bürger getan worden.

In der Politik damals heißt es:
Die Eingliederung physisch und psychisch geschädigter Bürger in das gesellschaftliche Leben wird vor allem durch geeignete Bildungs- und Arbeitsmöglichkeiten, durch komplexe Maßnahmen der Rehabilitation sowie durch medizinische und soziale Betreuung gefördert. Im Rahmen der Bemühungen um die Realisierung dieser geplanten Maßnahmen wurden allein für schulbildungsunfähige Kinder und Jugendliche bisher 344 Einrichtungen (vor allem Tagesstätten) des Gesundheits- und Sozialwesens mit fast 13000 Plätzen geschaffen. Eine beachtliche Zahl für die damalige Zeit.

Aber organisatorische Hilfen und die materielle Sicherung der Lebensbedingungen für Behinderte verändern noch nicht automatisch gesellschaftlich überholte Einstellungen und Verhaltensweisen.
Ein bestimmtes Grundwissen über diese Problematik sollte jedoch zur Allgemeinbildung eines jeden Bürgers gehören, um den Umgang mit psychisch Kranken zu erleichtern.
Dazu verpflichtet uns vor allem auch die jüngste deutsche Geschichte.

Die menschenverachtenden »Erbgesundheits- und Rassengesetze« des deutschen Faschismus, die als »Euthanasie« getarnten Mordaktionen an Geisteskranken sind eine deutliche Mahnung, besonders auch in der Psychiatrie über ethisches und moralisches Handeln gründlich nachzudenken.

Dazu Fragen zu einem Bild:

1.
Das Bild stellt die Frage nach dem Wert menschlichen Lebens. Ist das Leben des Pflegers »mehr wert« als das des Kranken?

2.
Der Wert des Menschen wird im Bild nach der Nützlichkeit für die Gesellschaft bestimmt.
Ist das richtig?

3.
Indirekt fordert das Bild auf, »unnützes«, »minderwertiges« Leben zu vernichten.
Darf so etwas sein?

4.
Das Bild betrifft einen kranken Menschen.
Es betrifft also die Frage, ob man einen kranken Menschen auch ohne Aussicht auf Heilung weiter pflegen soll, dazu Mittel und Kräfte aufwendet oder ob man ihn besser »tötet«,weil er »nutzlos«, ja »schädlich« ist, weil an ihm gesellschaftliches Arbeitsvermögen und gesellschaftlicher Reichtum »vergeudet« werden.
Ist das menschlich?

5.
Dem gesellschaftlichen Auftrag der Medizin, Leben zu bewahren und zu erhalten, steht die

Aussage des Bildes entgegen.
Hat die Medizin auch das Recht zu richten über lebenswertes und lebensunwertes Leben?

6.
Ist es immer und unter allen Umständen richtig, das Leben zu bewahren?
Bedeutet dies nicht manchmal, Leiden zu verlängern?

7.
Sollte man manchmal besser nichts tun oder sogar das Leiden verkürzen, indem man das Leben verkürzt?

Ich möchte versuchen, einige Antworten zu dem Bild zu geben.
Wenn ich das Bild betrachte, ruft es in mir Traurigkeit, aber auch Entrüstung hervor.
Unser Menschenbild misst den Wert eines Menschen nicht wie den einer Ware. Auch der kranke und behinderte Mensch ist für uns in allererster Linie erstmal Mensch.
Das heißt, er hat das gleiche Recht der Achtung seiner Persönlichkeit und Freiheit wie jeder andere. Gerade in der Psychiatrie wird dies besonders deutlich. Schon im vergangenem Jahrhundert begegnet man den Ärzten als den »Humanitätsaposteln der Reformen« im Rahmen der

bürgerlichen Entwicklung.

Krankenhäuser für psychisch Kranke, damals ohne negativen Beigeschmack »Irrenanstalten« genannt, sollten sein:

1.
»Ein Hospital für die Behandlung Geisteskranker«, also eine medizinische Einrichtung. (Guislain 1854)

2.
»Eine Zufluchtsstätte für unheilbare Irre«, also soziale Hilfe vermitteln.
(Guislain 1854)

3.
Sollten sie »ein körperliches und geistiges Erziehungsinstitut« in dem Sinne sein, dass das frühere, alte gesunde Ich, mag dieses an Tugenden reich oder mannigfachen Fehlern getrübt gewesen sein (Griesinger 1861), wieder gekräftigt und erhalten wird.

4.
Sollten psychiatrische Krankenhäuser sein:
»Eine elementare, artistische, religiöse Schule« (Guislain 1854), also über die bloße Erhaltung intellektueller und psychischer Funktionen

hinaus Bildungseinrichtung mit rehabilitativer Zielsetzung.

5.
Sollten die Irrenanstalten »eine Industrie-, Garten- und Ackerbauanstalt» darstellen, um die berufliche Wiedereingliederung der Kranken zu erleichtern. (Guislain 1854)

6.
Schließlich sollten sie noch Orte »der Isolierung, der Sicherheit und Bewahrung« sein, die dem Kranken optimale Heilungsmöglichkeiten bieten.
Sie sollten ihn von den Alltagssorgen befreien (Isolierung) und ihm ein Gefühl der Geborgenheit und des Wohlbefindens vermitteln (Sicherheit und Bewahrung).(Guislain 1854)

An diese humanistischen Traditionen knüpfte das Gesundheitswesen nach 1945 an.
Für die Ausbildung von Hochschulkadern und Fachpersonal wendete der Staat große Mittel auf, um auch oder gerade den chronisch Kranken und behinderten Menschen die bestmögliche Behandlung und Hilfe zuteil werden zu lassen.

Auf dem Gebiet der Psychiatrie sind es neben

materiellen Mitteln vor allem viel Geduld, Verantwortungsbewußtsein, hohe persönliche Einsatzbereitschaft und Einfühlungsvermögen jedes einzelnen Mitarbeiters, die die Qualität der medizinischen Leistung, die Effektivität der Hilfe für den Kranken bestimmen.

Nach 1945 stand der Staat vor einer Vielzahl dringlich zu lösender gesundheitspolitischer Probleme.

Erst etwa ab 1965/1970 konnte das Behindertenproblem ganz allgemein gesamtgesellschaftlich ausreichend eingeschätzt und gewürdigt werden.

Neben diesen Bemühungen um organisatorische Belange der Rehabilitation Behinderter ist es weiterhin dringend erforderlich, dass eine permanente Öffentlichkeitsarbeit mit vielfältigen Informationen über die Behindertenproblematik für breite Bevölkerungskreise erfolgt. Das muss ein kontinuierlicher Prozess sein. Nur so werden sich allmählich noch weitere Vorurteile, falsche Denk- und Verhaltensweisen vermindern lassen.

An dem psychisch Behinderten soll nicht nur seine Schädigung, sondern der ganze Mensch gesehen werden. Die Kommunikation sollte sich

auf der Ebene der auch sonst zu fordernden achtungsvollen Mitmenschlichkeit bewegen, ohne Zugaben und ohne Abstriche.
Auf dieser Basis können sich der Behinderte und seine Angehörigen als gleichberechtigte Persönlichkeiten erleben.

Aus der Hypothese, dass negative Verhaltensstile gegenüber Behinderten nicht angeboren, sondern erworben sind, entsteht für uns die Verpflichtung, in unserer Gesellschaft alle Voraussetzungen für eine bewusst und systematisch zu lenkende Umorientierung, vor allem in der Erziehung zu schaffen und zu nutzen.
Da sich aber soziales Lernen nicht nur über theoretische Informationen, sondern vor allem über konkret-praktisches Erleben vollzieht, sollte der Begegnung mit Behinderten nicht ausgewichen werden. Gerade die Integration in der Gemeinschaft, das Miteinanderumgehen fördert gegenseitiges Kennenlernen und Verständnis.
Dass dabei auch das Nachdenken über Gesehenes und Erlebtes eine wichtige Rolle spielt, wollte ich mit meiner Bildbetrachtung zeigen.

Das Bild hat eine lange Vorgeschichte:

Aufgrund einseitig naturwissenschaftlicher Be-

trachtung des kranken Menschen verlor man schon Ende des vergangenen Jahrhunderts dessen Persönlichkeit aus den Augen.
Im Zusammenhang mit der letztlich menschenverachtenden Ideologie im 2. Weltkrieg wurde die »Freigabe der Vernichtung lebensunwerten Lebens« sogar von Wissenschaftlern und Ärzten gefordert.
Der deutsche Faschismus als aggressivste Form der Gewalt setzte diese unmenschlichen Gedanken in die Tat um und ermordete Zehntausende von Geisteskranken im Rahmen der geheimen Mordaktion »T4«.

Das vor uns liegende Bild hatte sicher die Aufgabe, den Boden mit vorzubereiten, die Morde durch »Euthanasiegesetze« zu legalisieren.
Hier zeigt sich an einem kleinen Beispiel die Wichtigkeit und Notwendigkeit der bewussten Einbeziehung gesellschaftlicher Entwicklung auch in den Krankenhausalltag.
Umfangreiche gesellschaftswissenschaftliche Kenntnisse und Fähigkeiten zu verantwortungsbewusstem Handeln gehören deshalb neben hohem fachlichen Können zum unverzichtbaren Rüstzeug der Arbeit am Krankenbett.

Fazit:
Diese Thematik besitzt nach wie vor Aktualität

und zeigt, dass an dieser Thematik stets und ständig zu arbeiten ist.

Es folgt mein weiterer Werdegang nach 1994 – seien Sie gespannt.

Hierzu ein Anhang über einen typischen Tag mit der Hauptaufgabe *Der Reinigung auf der Geschlossenen, Mitte der 80iger*:

Einmal im Monat (meist um den 15. jeden Monats) wurde die Station rein äußerlich gründlich gereinigt.
Im Einsatz, alles, was Laufen konnte, sprich, die Patienten, die dazu in der Lage waren. Unter Anleitung des Personales war dies jedes Mal wie ein richtiger Großeinatz.
Beim Personal jedoch nicht sonderlich beliebt, bei mir persönlich am wenigsten. Wegen der Kälte im Winter auf Station war ich unter meiner Berufsbekleidung dementsprechend dick angezogen, nebst richtiger Winterschuhe. Dadurch war ich (natürlich im Spaß) oft dem Spott der Kollegen ausgesetzt, die mir dann immer eine gute »Reise nach Sibirien« wünschten, und ich bin oft in den Jahren nach Sibirien gefahren.

Zuerst wurden mit Seifenlauge sämtliche Öl-sockel in Schlafsälen, Tagesraum, Raucherraum und sonstigen Nebenräumen, der riesengroße Korridor mit einbegriffen, gründlich ab-geschrubbt.
Dies dauerte meist den ganzen Vormittag.
Der »Hit« aber war die Reinigung der Fußböden

in den Schlafsälen und im Korridor.
Der Korridor war ungefähr so groß wie ein Tanzsaal, ca. 50 Meter lang und 4-5 Meter breit. Die Fußböden waren aus Holz – eine »Keimschleuder« sondergleichen.
Aus heutigen Gesichtspunkten (was Hygiene betrifft) absolut nicht vertretbar. Ich hätte jedes Mal einen Urschrei loslassen können, und ich wette, meinen Kollegen erging es nicht anders. Aber die Macht der Gewohnheit ließ mich das die nächsten Jahre vergessen.

Das ging folgendermaßen vor sich:
1. Der Korridor wurde erst gründlich gewischt
2. Nach dem Trocknen wurde der Korridor per Hand und auf den Knien mit Bohnerwachs aus 10 kg-Eimern gebohnert (man bedenke die Länge und Breite des Korridors)
3. Drei bis vier Patienten, mit je einem Bohnerblocker bewaffnet, nebeneinander stehend, wienerten dann den Korridor blank. Diese Prozedur dauerte oft den ganzen Nachmittag. Mit einem Stoßgebet gen Himmel betete ich immer, dass mit den Bohnerblockern nichts Schlimmeres passierte.
Das nannte man wohl Galgenhumor.
Aber bei unseren männlichen Patienten war diese Prozedur erstaunlicherweise gar nicht so unbeliebt. Selbst das schien eine willkommene

Abwechslung im Alltag für die Patienten zu sein.
Oft berichteten mir Patienten, dass dies gut wäre für ihre körperliche Ausarbeitung – baute dies am Ende auch innerliche Aggressionen auf die sanfte Art ab.
Der Wunsch nach einem Fitnessraum war geboren. Leider durfte ich dies in meiner Zeit auf der Geschlossenen nicht mehr erleben.
Einige Patienten besorgten sich später privat Hanteln zur Förderung ihrer Fitness.
Allerdings machte sich das Personal Sorgen, dass diese Geräte beim Aufkommen von Erregtheitszuständen bzw. Aggressionen zum Einsatz kommen könnten.
Gott sei Dank geriet dies nie außer Kontrolle. Es wurde weiter gewährt, diente dies doch dem Wohlbefinden der Patienten und dem Stressabbau, bzw. der Frustbewältigung.
Eine weitere »ungeliebte«, aber unvermeidbare Tätigkeit war für mich das Nummern Einsticken in neue Sachen der Patienten.
Wie schon berichtet, hatte jeder Patient eine persönliche Nummer in der Kleidung, um dessen Wäsche nach dem Waschen wieder zuordnen zu können.
Das Einsticken oblag der Nachtschicht und war hauptsächlich die Aufgabe der drei Schwestern.
Jeder Patient hatte eine eigene Kleiderkarte, wo

vom Personal Zu- und Abgänge dokumentiert wurden. Trotz aller Bemühungen waren die Karten irgendwie nie so richtig auf dem Laufenden. Da war es schwer, die Übersicht zu behalten. Das hat mich schon manchmal genervt.

Im Großen und Ganzen haben sich bei mir diese ungeliebten Arbeiten im Laufe der Jahre verselbständigt, sodass es einfach dazu gehörte und ja auch erledigt werden musste.

Heute erscheinen diese Arbeiten vielleicht »sinnlos«, aber alles braucht seine Zeit, um sich zu entwickeln oder um bestimmte Dinge abzustellen. Die Zeit war damals noch nicht reif.

Heute dagegen kann sich jede Schwester in erster Linie und hauptsächlich der Betreuung der Patienten widmen.

Das haben wir zur damaligen Zeit (nach unseren Möglichkeiten und zur Verfügung stehenden Mitteln) auch getan.

Jedoch war das Personal durch die damaligen äußeren Bedingungen sehr viel mit Nebenarbeiten belastet.

So ging viel zu oft Zeit für die eigentliche Betreuung der Patienten verloren. Für mich war diese Situation manchmal schwer erträglich.

Trotzdem möchte ich diese Erfahrungen nicht missen, durfte ich doch an einem Stück Geschichte in der Entwicklung der Psychiatrie teilhaben und mitwirken. Das hat doch was! Deshalb habe ich mich entschlossen, dies alles einmal niederzuschreiben. Vielleicht interessiert es ja die Nachwelt?

Weiter zum Ablauf:
Im Sommer, wenn nicht geheizt werden musste, war es fast wie Weihnachten, es war ein Geschenk des Himmels, diese Zeit für die Patienten direkt nutzen zu können.
Wir machten viele Spaziergänge durch die Natur mit den Patienten, die noch keinen Ausgang hatten. Wir führten in der Sommerzeit eine Feriengestaltung durch, wo wöchentlich eine andere Pflegekraft verantwortlich war. Das erforderte Eigeninitiative und Organisationstalent eines jeden Einzelnen. Es wurden da Wanderungen, Busfahrten, Feste, Kinobesuche usw. durchgeführt.
Es existierte ein Patientenclub, in dem sich die Patienten in ihrer Freizeit aufhalten konnten (alleiniger Ausgang vorausgesetzt). Dort gab es Kaffee und Kuchen, Bockwurst usw. Dieser Club wurde gern besucht. Aufrecht erhalten wurde der Club durch die Mitarbeiter der Arbeitstherapie.
Zweimal im Jahr war jede psychiatrische Station für die Gestaltung eines Patientennachmittages verantwortlich.

Unsere Geschlossene organisierte mit Einbeziehung der Patienten zwei Diskonachmittage, die bei den Patienten von anderen Stationen immer sehr beliebt waren.
Diese Nachmittage waren für die Patienten immer ein besonderes Ereignis, lernten sie sich doch zwischenmenschlich anderen Personen anzunähern, z.T. bildeten sich auch Freundschaften unter den Patienten.
Diese Aktivitäten kamen doch dem Ziel der therapeutischen Gemeinschaft ein gewaltiges Stück näher und das lange vor der Wende.

Dann kam die Wende und somit der Umschwung, verbunden mit viel »Irrungen und Wirrungen«, sowie viel Arbeit und vor allem meinem schlechten Gewissen, weil sich die Gesetzeslage betreffend der Einweisung psychisch Kranker (befristet oder unbefristet) fast über Nacht geändert hatte. Ich hatte noch Jahre danach das Gefühl, vieles falsch gemacht zu haben. Nach DDR-Gesetz jedoch nicht. Die Wirren der Wende waren schon chaotisch und es ging alles so rasend schnell. Die Hatz auf Mfs-Mitglieder schien damals kein Ende zu nehmen. Die langwierigen Überprüfungen aller Mitarbeiter im öffentlichen Dienst waren schon beängstigent.
Doch das Leben ging weiter.

Patienten-Gelder wurden in DM umgetauscht, zur Freude der Patienten, die nun ihr Taschengeld in DM in der Hand hielten.
Patienten-Akten wurden überprüft, jeden Tag gab es neue Veränderungen. Was heute richtig schien, konnte morgen schon wieder anders sein. Das machte damals das Personal unsicher und erst recht die Patienten
Es gab wegen der unsicheren Gesetzeslage wenig oder ungenaue Absprachen, da keiner genau wusste, welcher Weg richtig ist oder sein würde.
Das machte sehr unzufrieden und die Patienten aggressiv, aber auch vor allem ängstlich.
Es wurde in der oberen Ebene hart daran gearbeitet, die Patienten nach Krankheitsbildern aus dem Schloss auszulagern. Viele Patienten wurden in der Lebenshilfe eingegliedert – eine große Umgewöhnungsphase für viele Patienten. Viele Patienten wurden im neu gebauten Caritasheim untergebracht.
Dies war aus meiner Sicht der größte Fortschritt in meiner 18jährigen Psychiatrieerfahrung im altwürdigen Schloss. So konnte ich guter Hoffnung sein, die Patienten optimal betreuen zu können, und dass sich auch für das Schlosspersonal die Arbeitsbedingungen zum Positiven wenden würden.

Bis dahin gab es noch ein Mammutprogramm an Arbeit. Neben meinem normalen Stationsablauf hatte ich noch in einem anderen Gebäude die neue Station einzurichten. Da war ich schon fast 9Jahre auf dieser Station tätig.
In den Wirren nach der Wende erfuhr ich da leider zu wenig Unterstützung. Ich fühlte mich mehr als einmal so richtig allein gelassen und vor allem ausgebrannt.
Im März 1994 war es dann soweit, die Patienten wurden in ein anderes neu renoviertes, Gebäude ausgelagert.
Die Station war kleiner, heller, wärmer, wohnlicher. Es waren Gardinen vor den Fenstern, der Tagesraum war gemütlich und vor allem musste nicht mehr geheizt werden – es gab Zentralheizung.
Ich meldete mich kurz nach dem Patienten-Umzug im März 1994 von der geschlossenen Abteilung ab.

So durfte ich in den 18 Jahren Berufserfahrung einige Entwicklungsstufen in der Psychiatrie miterleben.

1. »Verwahrpsychiatrie«
Patienten mit psychischem Krankheitsbild wurden mit noch wenig Tagesstruktur und wenig Therapieangebot auf den Stationen »verwahrt«.

2. »Drehtürpsychiatrie«
Alle Patienten wurden in eine Aufnahmestation aufgenommen und z.T. je nach psychischer Erkrankung auf die bestehenden Stationen verlegt, mit begrenzten Strukturen.

3. Therapeutische Gemeinschaft
Ab ca. Ende der 70er/Anfang der 80er gab es positive Veränderungen.
Das Therapieangebot wurde erweitert, Patienten nach Krankheitsbild auf die jeweilige Station eingewiesen, sodass mehr Struktur in die Behandlung psychisch Kranker kam.
Die Arbeitstherapie (heute Ergotherapie) war weiter ein wichtiger Bestandteil der Therapiegestaltung.
So manch ein Patienten entdeckte dort ungeahnte oder vergessene Talente, Fähigkeiten und Fertigkeiten, sodass die Patienten wieder einen Bezug zu sich selbst und einen realen Bezug zur Außenwelt herstellen konnten. Dies gab vielen ein Stück Lebensfreude, Anerkennung und vor allem Selbstwertgefühl zurück. Das Angebot von Medikamenten hatte sich erweitert, um die psychischen Symptome zu verringern.
Bis zur Wende hatte die Behandlung von psychisch Kranken wahnsinnige Fortschritte ge-

macht, sodass diese Patienten erfahren durften, trotz ihrer psychischen Erkrankung ein relativ normales Leben führen zu können.
In der Außenwelt erscheint (so mein Eindruck) der Begriff Psychiatrie oder gar ein psychisch Kranker wie »Ein Buch mit sieben Siegeln«. Da gibt es noch ganz viele Berührungsängste unter der Bevölkerung.
Das Wort Psychiatrie scheint für die Gesellschaft immer noch ein Tabuthema zu sein, außer für die Personen, die involviert sind.
Da fehlt es an Präventionsarbeit, genau wie die Prävention über Sucht, Alkohol/Medikamente und alle Arten von Drogen.
Die reinen psychischen Erkrankungen sind heute recht gut zu behandeln, sowohl therapeutisch als auch medikamentös. Auf diesen Gebieten hat es große Fortschritte gegeben, und ich kenne genug Beispiele von Patienten, die heute nach erfolgreicher Therapie und trotz ihrer Erkrankung ein relativ normales Leben führen.

Das waren 18 Jahre Tätigkeit auf der geschlossenen Abteilung der Psychiatrie bis kurz nach der Wende und, es bleibt weiter spannend.

Mein weiterer Werdegang ab 1994:

Selbstverständlich blieb ich der Abteilung für Psychiatrie erhalten. So verschlug es mich nach meiner Abmeldung von der »Geschlossenen« auf die Abteilung für psychisch Kranke, mit dem Vorhaben, eine Station für suchtkranke Patienten aufzubauen. Für mich Neuland und ein außerordentlich interessantes Arbeitsfeld, mit dem ich noch sehr wenig Erfahrung hatte und sich mir somit viel Lernbedarf bot.

Im Umbruch 1994 befanden sich auf der Station schon teils rehabilitierte psychisch Kranke, gemischt mit suchtkranken Patienten, die einer psychischen Stabilisierung bedurften.

Diese Patienten hatten auf der akuten Suchtstation ihren körperlichen Entzug hinter sich. Für mich eine spannende Aufgabe.

Schon die Räumlichkeiten gegenüber der Geschlossenen machten einen gewaltigen Unterschied.

Es war freundlich und hell, es gab Zentralheizung, Gardinen vor den Fenstern. Die Zimmer (keine Säle, sondern Drei-Bett-Zimmer) waren freundlich und hell eingerichtet. Die Station wurde offen geführt und strahlte eine ruhige Atmosphäre aus. Es war kein Schließdienst mehr nötig, so wie ich es gewohnt war. Ich war damals heilfroh, dass ich solche Arbeitsbedingungen noch erleben durfte. Ich fühlte mich wochenlang wie Alice im Wunderland, wie in einem langen schönen Traum, der nie enden sollte. Ich war, glaube ich, zu der Zeit der glücklichste Mensch auf Erden. Man brauchte mich nur noch zu kneifen.

Die Arbeitsbedingungen innerhalb einer Klinik waren schon gravierend. Dies hing ganz bestimmt mit dem jeweiligen Patientenklientel zusammen. Ich könnte mir gut vorstellen, dass man, wenn man »unfreiwillig« eingewiesen wird, auch ein dementsprechendes Verhalten an den Tag legt (unabhängig von der jeweiligen psychischen Erkrankung). Diese Erfahrung hatte ich ja auf der Geschlossenen zur Genüge gemacht. Jedenfalls war dieser Arbeitsbereich ein richtiger Motivationsschub für mich. Und trotzdem plagten mich eine zeitlang Zweifel, das Richtige getan zu haben. Vor allem deswegen, weil ich meine Kollegen, mit denen ich auf der Geschlossenen über Jahre durch dick und dünn gegangen war, hinter mir gelassen hatte. Aber nichtsdestotrotz waren wir ein tolles Team dort, und ich bin meinen ehemaligen Kollegen heute noch dankbar.

Die Patienten wurden außer vom Pflegepersonal auch noch von einer Psychologin, einer Physiotherapeutin und einer Arbeitstherapeutin betreut. Eine wunderbare Erfahrung für mich. So hatten

die Patienten für den jeweiligen Bereich eine Bezugsperson – eine gute Sache, die von den Patienten gerne angenommen wurde.
Das hatte den Vorteil, dass sich die Mitarbeiter auf den jeweiligen Arbeitsbereich konzentrieren konnten.
Ein riesiger Fortschritt!
Berufsfremde Nebenarbeiten hielten sich im Rahmen. Für die Küchenarbeiten war eine »Küchenfee« zuständig, Reinigungsarbeiten wurden inzwischen von einer Reinigungsfirma erledigt.
Eine ganz neue Erfahrung für mich. So konnten die Schwestern und Pfleger sich den medizinischen und therapeutischen Aufgaben, die die Patienten so nötig brauchten, widmen. Ein schönes Betätigungsfeld für mich, gespickt mit vielen Erfolgserlebnissen. Wie lange hatte ich das Gefühl der Ergebnisse so intensiv nicht wahrgenommen? Das schlug bei mir ein wie eine Bombe und stellte kleine Niederlagen in den Schatten.
Einen großen Teil des Patienten-Alltages machte die Arbeitstherapie (heute Ergotherapie) aus, um Fähigkeiten und Fertigkeiten zu fördern und zu festigen.
Am Morgen wurde der Tag mit Frühsport begrüßt, den die Patienten zwar eigenverantwortlich, aber unter Aufsicht des Personals

durchführten.
Es fanden Abendveranstaltungen wie z.B. Dia-Abende, Filmabende, Tanzabende, Spaziergänge, Bastel-, Spiel-, und Malabende statt.
Dafür waren die Patienten selbst verantwortlich, je ein Patienten für eine Abendveranstaltung. Dies erforderte Organisationstalent, und bei nötiger Hilfe lernte der Patient sich Hilfe zu suchen, ohne dabei das Gefühl zu haben, Schwäche gezeigt zu haben. Dies stärkte zudem das Selbstbewusstsein, Selbstwertgefühl und das Selbstvertrauen, das unter der Krankheit gelitten hatte und das die Patienten so sehr brauchten, um ihr Leben wieder lebenswerter zu gestalten. So kam manches Hobby zum Vorschein, das während der Krankheit verkümmert oder einfach in Vergessenheit geraten war.
Aus dieser positiven Erfahrung heraus gelangten die Patienten nach und nach zu mehr Selbstbewusstsein und zur Steigerung ihres Selbstwertgefühles, errangen aber auch Anerkennung durch ihre Mitmenschen. Eine ganz neue Erfahrung für viele Patienten. Der Umgang damit war für viele Patienten nicht leicht und vor allem fremd, weil sie es durch ihre Erkrankung verlernt oder nie gelernt hatten, mit positiven Gefühlen umzugehen.
Bei »Rückschlägen« wurde mit psychologischen Gesprächen gegengesteuert, Kindheit und trau-

matische Lebenssituationen aufgearbeitet.
Soziale Probleme (wie Ärger mit Behörden, versäumte Termine, außenstehende Zahlungen usw.) oder Dinge, die sich nach der Wende geändert hatten, wurden mit Hilfe der Sozialarbeiterin angegangen bzw. gelöst.
Auch auf der pharmazeutischen Ebene, was Psychopharmaka betraf, hatte sich so einiges getan. Das Angebot war breit gefächert, vor allem mit weniger oder keinen Nebenwirkungen. Es gab Depotpräperate als Injektion, sodass die Patienten nicht täglich Tabletten einnehmen mussten. So konnten sich die Patienten mehr auf ihre Therapie konzentrieren, da sie sich nicht mehr mit starken Nebenerscheinungen herumschlagen mussten, denn viele Patienten müssen über Jahre (je nach Krankheitsbild) ihre Medikamente einnehmen. Somit erhielten die Patienten in der Therapie einen »Fahrplan«, mit ihrer Erkrankung umzugehen.
Einmal in der Woche fand eine Teambesprechung statt, mit allen Mitarbeitern, die an der Behandlung der Patienten beteiligt waren. Das waren das Medizinische Personal, Ober- und Stationsarzt, die Psychologin, die physiotherapeutin und die Arbeitstherapeutin.
So war die Behandlung optimal, und es machte Spaß, die Fortschritte der Patienten zu beobachten.

Die Teambesprechung hatte die Bewandnis und den Vorteil, dass jeder Beteiligte auf seinem Fachgebiet über den Therapiestand sprechen konnte.
Dies deckte noch Reserven auf und beeinflusste ein Zustandekommen einer positiven Prognose für den Patienten
Außerdem wurden weitere Ziele in der Behandlung der Patienten festgelegt und der jeweilige Therapiestand erörtert.
Ebenfalls eine ganz neue Erfahrung für mich. So stellte ich mir eine optimale Behandlung vor.

Noch anmerken möchte ich, dass seit einigen Jahren männliche und weibliche Patienten (gemischt) auf einer Station therapiert wurden. Nach anfänglichen Schwierigkeiten für Patienten und Personal wurde auch das zur Normalität. So konnten die Patienten im sozialen und zwischenmenschlichen Bereich auch ihre Erfahrungen machen. Da gab es manche Episoden, die durchaus zum Schmunzeln Anlass gaben, sowie das selbstverständlich unbeabsichtigte Betreten der Patienten-Zimmer, was ja gegen die Regel war. So baute sich so manche Partnerbeziehung auf. Eine ganz neue Erfahrung für unsere Patienten, sodass ganz andere Themen im Raum standen (Frage der Verhütung).
Das motivierte die Patienten auch, ihre Therapie

erfolgreich abzuschließen, und sie waren wieder in der Lage, ihr Leben selbst in die Hand zu nehmen und eigenverantwortlich zu handeln und Lebensfreude trotz ihrer Erkrankung zu spüren.
Tatsächlich hatten wir auch Erfolge zu verzeichnen.

1999 zog unsere Station in ein benachbartes Gebäude (als Interimslösung), da nun endlich bauliche Veränderungen vorgesehen waren. Unsere Station hatte sich inzwischen in eine Nachbehandlung für Suchtkranke etabliert. So konnten zu den schon bestehenden Therapien auch noch ein Turnsaal und ein Schwimmbecken genutzt werden.
Diese Therapien waren bei den Patienten sehr beliebt, konnten diese zur Abendgestaltung genutzt werden.
Nach dem körperlichen Entzug standen die Therapien im Vordergrund, da die Patienten jetzt wieder körperlich belastbar waren. Das Hauptziel war, die Patienten auf ein Leben ohne Alkohol oder Medikamente vorzubereiten. Das heißt, Tagesstrukturen zu erstellen, Regeln aufzustellen, einfach über den Tag sinnvoll ausgelastet zu sein.
Durch die Wesensveränderung bei Alkoholismus war dies alles mehr oder weniger verloren

gegangen.
Die Patienten wurden angeregt, an alte Hobbys anzuknüpfen oder neue aufzubauen. Auch mussten die Patienten erlernen, angemessen mit ihrem Umfeld umzugehen, über Probleme zu sprechen, um diese angehen zu können.
Schwierig war es für viele Patienten, über ihre Erkrankung zu sprechen bzw. über ihre Gefühle. Dabei halfen psychologische Einzelgespräche, Bettvisiten, Arztgespräche, Gruppengespräche, Gruppenvisiten und nicht zu vergessen die individuellen Gespräche mit den Schwestern über alle Dinge des täglichen Lebens. Natürlich gab es auch Rückfälle, etwa, dass Patienten gegen die Regel Alkohol getrunken hatten. Kontrollen mit dem Alkotestgerät gehörten mit zum Inhalt der Therapie. Diese Problematik wurde dann in der Gruppe ausgewertet bzw. aufgearbeitet.
Bei mehreren Regelverstößen kam es schon mal zu vorzeitigen Entlassungen.
Es wurden zur Aufarbeitung bewusst Testbesuche in Gaststätten in die Therapie eingeplant, um zu schauen, wie die Patienten in dieser Kneipenatmosphäre reagieren und wie sie damit umgehen.
Ebenso wurden die Patienten bewusst in den Einkauf zum Supermarkt geschickt, um zu sehen, ob sie unbeschadet am Schnapsregal vorbeikommen. Da kam es schon mal (je nach

Therapiestand des Patienten) zu Taschenkontrollen. Manchmal wurden wir auch fündig.
Die Fantasie der Verstecke von Alkohol war mitunter grenzenlos, und die Ausreden und Argumente waren noch viel besser.
Da musste man als Schwester erstmal drauf kommen, sodass manches sicher bis heute ein Geheimnis geblieben ist.

2002 zogen wir in ein anderes Gebäude um, da die Bauarbeiten Fortschritte machten. So kam es zu einer Angliederung an die Akutaufnahme für Suchtkranke.
Das war fast die optimale Lösung (im Erdgeschoss die akute Aufnahme und im 1. Stock die Nachbehandlungsstation für Suchtkranke). Bemerken möchte ich noch, dass in der Nachbehandlungsstation die Patienten mental auf eine Langzeittherapie vorbereitet wurden.
Durch die Zusammenlegung der beiden Stationen wurden Wege erspart und das medizinische Personal konnte untereinander ausgetauscht werden. So wurden ungeahnte Ressourcen aufgedeckt. Die Patienten blieben trotz Verlegung im gleichen Haus und somit blieben die Kontakte unter den Patienten bestehen.
Die Nachbehandlung von Suchtkranken hatte ich nun schon kennen gelernt. Der Umgang mit

Suchtkranken mit allen Entzugserscheinungen war für mich neu und eine Herausforderung. Hier war wieder technisches Wissen und Können gefragt. Dies war in meinen Zeiten in der Geschlossenen etwas auf der Strecke geblieben, da es dort andere Aufgaben zu bewältigen gab.
Es zeigte sich ein breit gefächertes Betätigungsfeld und forderte die Kraft aller Mitarbeiter. Dies lief natürlich nicht ohne Komplikationen unter dem Personal ab. Das Team hatte sich vergrößert und es war anfangs nicht leicht, alle und alles unter einen Hut zu bekommen. Es hat in den Anfangsmonaten mehr als einmal in den Dienstbesprechungen mächtig gekracht.
Aber es hat uns am Ende mehr zusammengebracht und mir imponiert heute noch die Ehrlichkeit der meisten Mitarbeiter, deckte dies doch manche Reserven auf.
Ich habe mich nach anfänglichen Schwierigkeiten dort relativ schnell eingearbeitet und mich in dem Team recht wohl gefühlt, vor allem, weil sich die äusseren Rahmenbedingungen sehr zum Positiven verändert hatten. Ich schätze bis heute die kleinsten Veränderungen, weil ich das in der langen Zeit in der Geschlossenen nie erfahren hatte.

Weiter zum Alltag in der Suchtstation:
Es existierten Therapiepläne und Therapiepässe,

die die pünktliche Teilnahme der Patienten unter Kontrolle hielten, was den Patienten durch ihre körperlichen Einbußen bzw. Wesensveränderungen nicht immer leicht fiel.

Auseinandersetzungen und ewige Diskussionen mit dem Personal waren an der Tagesordnung, da es anfangs den Patienten an der so notwendigen und zur Therapie nötigen Krankheitseinsicht fehlte, da sie auch Schwierigkeiten hatten, sich an Regeln zu halten. Bei vielen Patienten war in der Krankheit ein strukturierter Tagesablauf verloren gegangen.

Das kostete mich viel Nerven und Geduld und brachte auch mich manchmal an meine Grenzen, vor allem gingen die Auseinandersetzungen seitens der Patienten nicht immer verbal zärtlich ab, abgesehen von den Aggressionen, die unter Alkohol oftmals vonstatten gingen.

Das nicht persönlich nehmen fiel mir nicht immer leicht und oftmals beschäftigten mich diese unerfreulichen Begebenheiten bis über den Dienst hinaus.

Die Patienten benötigten anfangs eine große Portion an moralischer Unterstützung seitens des Personales. Es kam oft vor, dass Patienten über den RTW zur stationären Aufnahme gebracht wurden, nicht selten in Polizeibegleitung, weil sie für sich und/oder für die Außenwelt eine Gefahr darstellten (entweder im Entzug

oder wegen Kontrollverlust unter Alkohol).
Oft kam es zur Gegenwehr bzw. zu Abwehrreaktionen, sodass den Patienten eine Fixierung nicht immer erspart werden konnte, u.a. auch zur Sicherheit für sich selbst, die Mitpatienten, und auch zum Schutz des Personals. Eine Sichtüberwachung in solchen Situationen war selbstverständlich, sowie auch eine genaue Dokumentation.
Der Akutbereich war rund um die Uhr besetzt, es gab 6 Betten für Akutpatienten. So war es normal, dass Notdienste und Polizei bei uns ein- und ausgingen. Solche Aktionen bewegen mich noch heute, waren diese doch immer unangenehm für beide Seiten. Andererseits beweißt mir dies, dass ich noch ein mitfühlender Mensch und durch die langjährige Tätigkeit in der Psychiatrie noch nicht so abgestumpft bin, immer mit der Option »Behandle den Patienten so (egal in welchen Situationen und unter welchen Bedingungen), wie du selbst behandelt werden möchtest«. Es ist ja so, dass man in einer jahrelangen Tätigkeit in der Psychiatrie viele Federn lässt, und wer etwas anderes behaupten würde, der würde vielleicht lügen. In jungen Jahren steckt man so vieles eher weg, d.h., dass man später, um weiter zu machen, mehr für sich sorgen sollte, um weiter die Kraft zu haben, seine Aufgaben zu erfüllen.

Die Alkoholsucht ist als Krankheit anerkannt und wird von den Krankenkassen finanziert, ein Therapiekonzept natürlich vorausgesetzt.
Das Therapieprogramm wurde regelmäßig überarbeitet, in Teambesprechungen, und auf die Patienten abgestimmt.
Wöchentlich fanden auch hier Teambesprechungen statt, die das Therapieziel und den jeweiligen Therapiestand eines jeden Patienten erörterten. Die Patienten bildeten eine Gruppe, in der es einen Gruppensprecher und einen Vertreter gab. So konnten die Patienten ihre Anliegen und Probleme an ihren Gruppensprecher anbringen, und dieser leitete ihre Probleme an das Personal weiter. So lernen die Patienten für sich selbst und eigenverantwortlich zu sorgen.
Dies stärkte das Selbstbewusstsein. Da bei den meisten Patienten die Tagesstruktur durch ihre Erkrankung verloren gegangen war, bedeutete für die Patienten ein geregelter Tagesablauf alles.
Der Tagesablauf war aufgeteilt in »Pflicht« und »Freizeit«, sodass die Patienten Raum hatten, um sich auf sich selbst zu besinnen und Reserven aufzudecken. Dazu wurden täglich (jeden Abend) sogenannte Eigenberichte durch die Patienten geschrieben, wo sie ihre Gefühle, Sorgen, Ängste, Probleme, Kritik, aber auch

Zukunftsgedanken niederschreiben konnten. Manch einem Patienten fiel dies leichter, als vor der Gruppe darüber zu sprechen (meist am Anfang der Behandlung).

Mit der Steigerung der körperlichen Belastbarkeit stieg auch die Aktivität eines jeden Patienten, sein Leben zu überdenken und es wieder selbst in die Hand zu nehmen. So fanden im Sommer Grillabende unter Eigenregie statt sowie Faschingsfeiern, Geburtstagsfeiern, Tanzpartys, Spaziergänge usw.

Auch die Pflichten wurden nicht vergessen. Im Winter wurde Schnee geschoben und gestreut, im Herbst das Laub entfernt und im Sommer der Garten gepflegt, sowie die Raucherecke sauber gehalten. Im Garten konnte in der Freizeit oder im Rahmen des Gruppenabends Volleyball, Fußball, Cricket oder Bocchia gespielt werden. Der Garten diente im Sommer auch als »Sonnenbank« sowie auch als »Wäschetrockner«.

Der Garten war vom Überwachungsbereich gut einsehbar, sodass bei Problemen sofort reagiert werden konnte. Im Sommer hielten sich die Patienten (je nach Befinden) gern im Garten auf.

Sie gingen eigenverantwortlich zu Spaziergängen und zum Einkauf, jedoch immer mit nachfolgenden Stichproben mit dem Alkotestgerät. Natürlich wurden ab und an auch Patienten »rausgefischt«, die Alkohol konsumiert hatten, was beim Rest der Gruppe nicht immer gut ankam, störte dies doch empfindlich die bestehende Gruppendynamik, weil: »Die Gruppe ist so stark wie ihr schwächstes Glied.«

Auf der Station im 1. Stock trat fast über Nacht eine Veränderung ein. Eine weitere Suchtproblematik tat sich auf – die Konsumierung von illegalen Drogen, also eine Bedarfslücke. Innerhalb eines Tages wurde im 1. Stock eine Station für Drogenkranke eröffnet. Der Bedarf war immens, betraf dies doch größtenteils recht junge Patienten.
Die Lokalität war gut geeignet, weit weg von der Großstadt (Leipzig), aber Drogen kommen überall hin. Dies war für uns alle Neuland und fühlte sich anfangs für mich fremd an. Die Erfahrungen im Umgang mit Drogenpatienten und überhaupt des Krankheitsbildes waren noch in den Kinderschuhen.
Das bedeutete Weiterbildung, die fast im Eilzugtempo von Statten ging. Abgesehen von der Theorie kam dies mit der Praxis fast von allein, obwohl sich anfangs die Arbeit mit drogenkranken Patienten als recht schwierig herausstellte. Auf Station befand sich (mit wenigen Ausnahmen) überwiegend jugendliches Klientel aus der Großstadt. Es ergab sich auch mit den alkoholkranken Patienten ein Genera-

tionsproblem. Auf dieser Station wurde bewusst das jüngere Personal eingesetzt, was sich sehr bald als vorteilhaft herausstellte. Die jungen Patienten hatten ungeahnte Talente und Reserven, die durch die Drogensucht verloren gegangen oder verkümmert waren. Trotz der anfänglichen Abwehr gegen alles, was Regeln bedeutete, begriffen die Patienten (bis auf wenige Ausnahmen) mit der Zeit, dass es ein Leben in der Gemeinschaft ohne Regeln nicht geben kann. Hier ging es ebenfalls um einen straff organisierten Tagesablauf, um wieder Struktur in das Leben der Patienten zu bringen. Das fing schon beim morgendlichen Aufstehen an, was vielen Patienten sehr schwer fiel. Dies erforderte viel Geduld, Durchsetzungsvermögen, Durchhaltevermögen, um verbalen Auseinandersetzungen standzuhalten. Oft genug stieß ich damals an meine Grenzen, was die psychische Belastbarkeit betraf, zumal ich zu dieser Zeit dort als stellvertretende Stationsschwester tätig war.
Es war mitunter ein Kampf, sich durchzusetzen, war man doch nicht selten den verbalen Entgleisungen der Patienten ausgesetzt. Dies war für mich schon gewöhnungsbedürftig, obwohl ich ja über die Jahre auf der Geschlossenen so manchen Sturm erlebt hatte. Es gab auch genug gespannte und brisante Situationen, die mitunter

schwer zu ertragen waren. Schon lange wäre da eine Supervision für das Personal erstrebenswert gewesen, mit der Option »Die Pflege der Pflegenden«. Außerdem war ich ja auch älter geworden und vielleicht auch angreifbarer? Aber ich konnte den Patienten eine Menge Lebenserfahrung vermitteln und ich kann guten Gewissens von mir behaupten, dass ich mit den Jugendlichen recht gut arbeiten konnte, nach dem Gefühl: »Mein Herz ist jung, und ich fühle jung.«

Die Patienten zogen meist einen massiven »sozialen Schwanz« hinter sich her, wie traumatische Kindheit, keinen Schulabschluss, keine Lehre, keine Arbeit, Schulschwänzerei, kriminelle Erlebnisse, Obdachlosigkeit (insgesamt der soziale Abstieg) usw.

Da gab es für manchen Patienten ein böses Erwachen, mit klarem Kopf zu begreifen, was in ihrem Leben schief gelaufen war. All diese Probleme wurden im »Drogensumpf« vergessen gemacht, ohne zu bemerken, dass man immer tiefer sinkt. Da tat das Erwachen in der realen Welt sehr, sehr weh und führte nicht selten zu massiven Depressionen. Da gab es für den Sozialarbeiter Arbeit ohne Ende.

Am Ende ging das Drogenkonzept nicht auf, da sich, wie sich herausstellte, die äußeren Umstände nicht ergaben und wir uns wieder mehr

auf Süchte von Alkohol und Medikamente konzentrierten.
Trotzdem machte ich auch auf dem Gebiet positive Erfahrungen und ich bin heute froh, dass ich diese machen durfte, denn wer hat schon die Möglichkeit über Jahre soviel über Menschen, ihre Probleme, Ängste, Träume, Ziele, Freuden und Leiden zu erfahren?

Die Station behandelte dann Patienten mit unterschiedlichen Krankheitsbildern im Alter von 18-80 Jahren, da die Planung in der Zukunft eine andere war.
So arbeitete ich auf der akuten Suchtstation 4 Jahre (von Febr. 2002-Nov. 2005).
Ende 2005 wurde der Innenausbau in den vorher freigelenkten alten Gebäuden abgeschlossen. Es entstanden 2-Bett-Zimmer mit Nasszelle, teils mit Fernseher, und gemütliche Aufenthalts- und Therapieräume. Somit verbesserten sich auch die Arbeitsbedingungen für das Personal weiter, mit angenehmem Pausenraum und Funktionsräumen, sodass durch das viele Glas eine Übersicht über die gesamte Station möglich ist.
Hurra, dass ich das noch erleben durfte! Es machte mich stolz, dass ich über viele, viele Jahre die Entwicklung auf dem Gebiet der Psychiatrie miterleben und vor allem mitgestalten durfte. Der Weg dahin war wirklich steinig und

schwer, wenn ich mich an meine ersten Jahre meiner Tätigkeit in der Psychiatrie erinnere. Ich bin vielen Menschen begegnet, ob Patienten oder Mitarbeiter und könnte mir heute keine andere Tätigkeit vorstellen, auch wenn der Umgang mit Menschen (ob gesund oder krank) nicht immer einfach war und ist.

Der Umzug in die neuen Räumlichkeiten konnte beginnen. Gleichzeitig wurde von oberer Ebene aus eine Rotation des Personals angestrebt und auch durchgeführt.
Dies verursachte bei Bekanntwerden viel Gesprächsstoff, Spekulationen, aber vor allem Unsicherheit und Ängste.

So kam es, dass ich mich im Januar 2006 auf der Abteilung für Psychotherapie wieder fand.
Damals habe ich gedacht, die Welt geht unter, da ich mir anfangs nicht sicher war, dort je Fuß fassen zu können. Es war wieder ein ganz neues Betätigungsfeld für mich, mit wenig Erfahrung auf diesem Gebiet. Also wieder lernen und Weiterbildung, zumal man ja in der Medizin mit Weiterbildungen nie fertig wird, um auf dem Laufendem zu bleiben.
Die Arbeit in der Psychotherapie gestaltete sich für mich am Anfang schwierig. Ich war selbstständiges, vorrausschauendes und eigen-

verantwortliches Arbeiten gewohnt. Da gab es Situationen, die ich über Jahre immer selbstständig gelöst habe und die plötzlich nicht mehr sein sollten oder durften. Für mich stellten sich viele Fragen und vor allem konnte ich viele Dinge damals nicht wirklich nachvollziehen.
So kam es, dass ich anfangs (unbeabsichtigt) meine Kompetenzen überschritt, da ich ja selbstständiges Arbeiten gewohnt war. Inzwischen kann ich damit umgehen, weil ich heute vieles auf dem Gebiet besser verstehen kann, und es fällt mir heute leichter, in diesem Fachgebiet zu arbeiten.
Die Station nimmt überwiegend junge Patienten mit unterschiedlichen Krankheitsbildern auf, wie Depressionen, Angststörungen, Phobien, sowie Anpassungs- und Belastungsstörungen.
Die Krankheitsbilder sind breit gefächert und in der heutigen Zeit im Zunehmen begriffen. Der Arbeitsablauf ist gegenüber anderen Stationen ein ganz anderer. Es wird Gruppentherapie praktiziert in Verbindung mit Einzelgesprächen und auch Traumatherapie.
Die Schicksale der Patienten werden von mir durchaus als hart und traumatisch emfunden. Diese Arbeit erfordert viel Fingerspitzengefühl, Geduld, Einfühlungsvermögen und vor allem soziales Denken und eine Portion Lebenserfahrung.

Es gibt einen durchdachten Therapieplan, der den Patienten Struktur über den ganzen Tag vermittelt.
Die Patienten erlernen hier, sich selbst anzunehmen, wie sie sind, für sich zu sorgen, und vor allem ihre Gefühle zu erspüren (positive und auch negative), sie einzuordnen und vor allem, sie zu äußern bzw. zu zeigen. Das Schreiben von täglichen Eigenberichten unterstützt vor allem die Patienten, die anfangs noch Schwierigkeiten haben, über sich zu sprechen.
Die Stationen sind jetzt entschieden kleiner, sie umfassen 22 Patienten
Dafür stehen 9 qualifizierte Schwestern, 3 Psychologen, ein Stationsarzt und Therapeut, Ergotherapeuten, eine Physiotherapeutin sowie eine Sozialarbeiterin zur Verfügung. Es gibt Gruppengespräche, Gruppenvisiten, Einzelgespräche, Ergotherapie, Physiotherapie, Reittherapie mit einer Reittherapeutin, Tanztherapie, kognitives Training und Gestaltungsvisiten, die den Patienten helfen sollen, zu sich selbst zu finden, ihre Vergangenheit aufzuarbeiten, um ihr eigenes Leben zu akzeptieren und um wieder zu Lebensmut und somit zu Lebensfreude zu gelangen.
Es wird ein Mal wöchentlich in einer Gruppenversammlung ein wöchentlicher Gruppenplan durch die Gruppe erstellt, z.B. Gestaltung der

Abende, Einteilung der Reinigung der Zimmer am Wochenende, Tisch- und Küchendienste und Blumenpflege.
Dies wird alles unter Anleitung des Personales, jedoch eigenverantwortlich durch die Patienten durchgeführt. Dies geht nicht immer reibungslos von statten. Diskussionen und Argumentation seitens der Patienten sind an der Tagesordnung. Dies erfordert sehr viel Geduld und vor allem die Einhaltung strikter Regeln von Seiten des Personals, da diese Patienten immer Schlupflöcher suchen und auch finden. So lernen die Patienten mit Pflichten umzugehen und vor allem mit Verantwotung gegenüber sich selbst und seinen Mitmenschen, gegebenenfalls für sie und sich einzustehen und sich einander zu unterstützen, um Selbstwertgefühl und Selbstvertrauen aufzuwerten.
Zu dessen Stabilisierung wird von der Gruppe ein Gruppensprecher/Stellvertreter, ein Sportfunktionär und ein Kulturfunktionär bestimmt, mit dem Ziel, dessen Persönlichkeit zu stärken und den Patienten in den verschiedensten Lebenssituationen zu erleben. Dafür eignet sich sehr gut die pantomimische Darstellung von vorgegebenen Sprüchen durch die Therapeuten, die Familienaufstellung im Rollenspiel sowie die Nutzung der Einzelvisite von allen Therapeuten.

Im Sommer werden vor allem Spaziergänge durchgeführt, Volleyball, Fußball, Tischtennis oder Federball gespielt, um Gemeinsamkeiten und Interessen unter sich zu entdecken und um den Bewegungsdrang der jungen Patienten zu stillen.
Weitere Freizeitmöglichkeiten ermöglichen den Patienten einen Besuch des hiesigen Museums, einer Begegnungsstätte (von einem e.V. getragen). Dort können die Patienten mit ihren Angehörigen bei Kaffee und Kuchen verweilen und sich unterhalten.
Außerdem wird es für Patienten und Personal eine Cafeteria geben, die in Kürze fertig gestellt und eingeweiht wird.
Außerdem existiert der »Rosengarten-Verein« als Begegnungsstätte für psychisch Kranke und dessen Angehörige sowie für Gäste im Allgemeinen. Seit vielen Jahren wird durch diesen Verein jährlich ein Sommerfest für alle Interessierte organisiert, das die Patienten mit eigenen Programmen gestalten.
Auf Station gibt es einen Boxsack und ein Ergometer für die Fitness und um angestaute Aggressionen rauszulassen. Alle 14 Tage gehen die Patienten zum Kegeln. Zu Zeiten meiner Tätigkeit wäre das alles undenkbar gewesen. Heute sieht es auch dort anders aus. In den 3 Jahrzehnten hat es auf dem Gebiet der Psychiatrie

wahnsinnige Fortschritte gegeben, wobei uns die Wende ab 1990 gerade recht kam.

Auch in der psychotherapeutischen Behandlung geht nichts ohne Medikamente, die eine Einheit mit dem therapeutischen Konzept der Psychotherapie bilden.

Die Behandlung der Patienten gestaltet sich aufgrund der unterschiedlichen Krankheitsbilder langwierig, und für die meisten Patienten ist der Weg in ein neues Leben steinig und schwer, oft mit viel Leid und Resignation verbunden.

Ich bin nun inzwischen das 4. Jahr in der Psychotherapie tätig, habe mich nach anfänglichen Schwierigkeiten dort gut eingearbeitet, meine Stellung im Team gefunden.

Nach wie vor bin ich der Auffassung, dass dieses Gebiet ein schwieriges ist und ich weiterhin die Kraft habe, meine Arbeit dort nach bestem Wissen und Gewissen zu erledigen.

Schlusswort:

Das zur Geschichte und Entwicklung nach eigenem Erleben über 3 Jahrzehnte in der Psychiatrie, in 15 Jahren im DDR-Regime und in 19 Jahren im vereinten Deutschland.
Die Arbeit an und mit psychisch Kranken war und ist für mich »Fluch und Segen«.
Es gab und gibt für mich größtenteils angenehme und schöne Erinnerungen, aber auch unangenehme und traurige Begebenheiten, die aber im gesunden Maße dazu gehörten und gehören.
Es hat doch was, dass ich die verschiedenen Entwicklungsphasen in der Psychiatrie mit erleben und gestalten durfte und konnte.
Ich glaube, dass das nicht jeder Mensch über sich sagen kann.
So wie ich als junge Schwester ins kalte Wasser geworfen wurde, so konnte ich mich später mit meiner Arbeit identifizieren.
Dies hat ganz sicher meine Persönlichkeit in jungen Jahren verändert, in positiver Hinsicht, hat es doch unter Garantie vor allem mein Selbstbewusstsein gestärkt. Dazu beigetragen hat ganz sicher meine Tätigkeit als Stationsschwester (mit 24 Jahren hatte ich die Verantwortung über 85 Patienten und 13 Schwestern sowie mit 29 Jahren die Verantwor-

tung für 45 Patienten und 12 Mitarbeiter).
Wenn es Pannen gab (wer funktioniert schon zu 100% – das gelingt niemandem), so waren diese mit Hilfe meiner Mitarbeiter immer reparabel.
Ich denke über mich selbst, dass ich trotz mehr oder weniger Widrigkeiten immer Mensch geblieben bin, obwohl es ganz sicher nicht immer goldene Tage in meiner Diensttätigkeit gab und ich auch Situationen durchlebt habe, wo ich einfach alles hinchmeißen wollte, mich aber trotzdem immer wieder aufgerappelt habe.
Der Umgang mit Menschen ist immer schwer, egal, ob gesund oder krank, und Mitarbeiterführung ist immer etwas anderes, als Patienten zu pflegen und zu heilen. Das ist immer eine Gratwanderung und vor allem eine immense Verantwortung gegenüber den Patienten und den Mitarbeitern.
Ich wünsche mir, das ich den Rest meiner Dienstjahre in Gesundheit absolvieren kann.

Was mir noch wichtig ist:

Zuletzt möchte ich mich noch bei meiner Familie bedanken, die mich in allen meinen Vorhaben immer unterstützt hat. Eine besondere Hommage gilt meinem Ehepartner, der mich motiviert und gestärkt hat, wenn ich beruflichen Stress hatte. Er ist ein aufmerksamer und ein verständnisvoller Zuhörer. Er hat mich bei meinem anspruchsvollem Beruf nie unter Druck gesetzt, hat mir den Rücken für meine Vorhaben, Qualifizierungen und Weiterbildungen gestärkt und mir mehr als einmal Mut zugesprochen weiter zu machen.
Ich war und bin ja auch Hausfrau und Mutter meiner beiden Kinder, die jetzt erwachsen sind. Mich hat mehr als einmal das schlechte Gewissen geplagt, vielleicht zu wenig für meine Familie getan zu haben. Ich hatte das große Glück, dass mein Partner ein guter Hausmann war und noch ist und sich verlässlich um unsere zwei Kinder gekümmert hat, wenn ich Schicht hatte oder wieder mal die Schulbank gedrückt habe. Ohne ihn wäre ich heute nicht die, die ich heute bin und ohne ihn, glaube ich, hätte ich das alles nicht geschafft. Er gehört zu der Sorte Mensch, der auch zu seiner Partnerin sagen kann, dass er stolz auf das ist, was diese erreicht hat. Das kann sicher nicht jede Krankenschwester über

ihren Partner sagen. Ich hatte Glück und dafür bin ich dankbar!

WERMSDORF
HUBERTUSBURG
Jagdschloss Hubertusburg
Katholische Hofkapelle
Blick zur Hubertusburg

Geschichliches Schloss Hubertusburg:

Noch heute beeindruckt die Größe des einstigen sächsischen Jagdschlosses Hubertusburg den Besucher und lässt den einstigen Prunk erahnen. (Dies war für 18 Jahre meine Arbeitsstätte)
Grösse: 32Hektar, mit 122 Gebäuden im Schlosskomplex
Nutzung:
1837: Landesgefängnis
1838: Landesarbeitshaus für weibliche Sträflinge
Danach: Arbeitshaus
1838 zeitgleich als dritte staatliche Institution das Landeshopital in Hubertusburg eröffnet
1840 Landeskrankenhaus für chronisch-körperlich Kranke
Zeitgleich als fünfte Institution das Landessiechenhaus mit strenger räumlicher Trennung
Diese fünf Einrichtungen bildeten die Vereinigten Landesanstalten zu Hubertusburg.
1852 Erziehungsanstalt für blödsinnige und epileptische Kinder
1855 Kinderstation für »hoffnungslos« erscheinende Kinder
1862 Blindenvorschule (1. Kindergarten der Welt für blinde Kinder)
In Hubertusburg war die Zahl psychisch Kranker zu dieser Zeit auf 1500 angestiegen.

Die Gesamtleitung der Vereinigten Landesanstalten Hubertusburg oblag noch bis 1874 Beamten des Strafvollzuges.

1900: 1600-1800 Kranke, die nur von 12 Ärzten betreut wurden.

(1888): Ausbildungsstätte für weibliche Pfleger

1914-1918: 1. Weltkrieg, den von bis dahin 2000 Patienten nur 500 Kranke überlebten.

Diese im Vergleich zur Normalbevölkerung extrem hohe Sterblichkeit steht im engen Zusammenhang mit der damals auch von Wissenschaftlern und Ärzten vertretenen Auffassung, dass chronisch-psychisch krankes Leben minderwertiges Leben sei.

1918: Psychiatrische Heil- und Pflegeanstalt Hubertusburg

1939: 2. Weltkrieg

1938-1942: Auflösung der Kranken- und Heilanstalten

1940-1941: Umsiedlerlager

1941-1944: Unteroffiziersvorschule der Luftwaffe

1942-1945: Reservelazerett der Luftwaffe und ein Luftwaffenpioniertruppenteil

1945-2005:

1945: Lazarett für Kriegsgefangene

1.10.1945: wieder ziviles Krankenhaus »Landesanstalt Hubertusburg« mit 258 Betten

14.12.1947: Wiedereröffnung psychiatrische Abteilung für psychisch kranke Männer mit 32 Betten
01.12.1949: Auflösung des sowjetischen Militärlazarettes
Daher Schaffung von 900 Betten für psychisch Kranke
1950-1959: Ansiedlung der Orthopädie und Physiotherapie bzw. Orthopädiemechanik und Othopädiehandwerk (mit 276 Betten)
1954: Poliomyelitis-Rehabilisationszentrum
1951: gab es ein Zentrallabor und eine Sonderschule für körperlich behinderte Kinder
Seit 1950: Schaffung einer Infektionsabteilung
1952: Schaffung der neurologischen Abteilung
Die Behandlung von Kindern vollzog sich bis 1954 in der inneren Abteilung.
Eine innere Abteilung wurde daher in eine Kinderklinik umgewandelt sowie eine Milchküche und ein Freiluftbalkon geschaffen.
1955: Schaffung einer Entbindungsstation und einer gynäkologischen Abteilung
1947: Eine Klinikapotheke war geschaffen wurden
1954-1999: war die Medizinische Fachschule in Betrieb
In Hubertusburg gab es einen Kindergarten und eine Kinderkrippe, es gab Einkaufsmöglichkeiten und eine kostenlose Bibliotheknutzung,

eine Gärtnerei, Wäscherei, Großküche und Bäckerei.
1973: Umbenennung in »Kliniken Hubertusburg«
1973: Aufbau einer Abteilung für Psychotherapie
1976: Schließung der Erwachsenenchirurgie
1977: Entstehung einer Kinderchirurgie bis 1999
1987: 150-jähriges Bestehen des Krankenhauses

1990-2005:
1992: Ausgliederung und Umzug von 200 psychisch kranken Patienten zur »Lebenshilfe« bzw. zur »Caritas«
1997: 160-jähriges Bestehen des Krankenhauses
Davor schrittweise Schließung von Wäscherei, Gärtnerei, Apotheke und 1999 der Medizinischen Fachschule.
(Bäckerei und Küche bestehen noch)
1998: Auslagerung der orthopädischen und inneren Abteilungen nach Oschatz (Collm-Klinik)
1999: Schließung der Kinderchirurgie
2000: Tagesklinik für Psychiatrie in Riesa in Betrieb genommen, unter der Regie des Sächsischen Krankenhauses Hubertusburg, sowie auch 2003 die Tagesklinik für Psychiatrie in Torgau
Ende 2005: Umzug von 4 psychiatrischen Stationen in ein neusaniertes Gebäude, sowie der

neurologischen Abteilung mit ITS-Station für Stroke unit.

Heute steht das ehrwürdige Schloss, das mit neuer Fassade erahnen lässt, was für ein edler Schatz es ist, weitestgehend noch leer.
Die wunderschöne und prächtige katholische Kirche, die in Abständen Orgelkonzerte darbietet, hat alle »Querelen« fast unbeschadet überstanden.
Ein wunderschöner Rundsaal ist eine Stätte für kulturelle Veranstaltungen wie Geigen- und Violinkonzerte ect.
Die Erhaltung der baulichen Substanz steht dabei im Mittelpunkt, denn das Schloss hat uns nach wie vor viel zu erzählen.

Zuletzt die Umbenennungen der Hubertusburg

Ab 1945
Landesanstalten Hubertusburg

Ab 1952
Krankenanstalten Hubertusburg

Ab 1973
Kliniken Hubertusburg

Ab 1991

Sächsisches Krankenhaus Hubertusburg

Ab 2006
Fachkrankenhaus Hubertusburg St. Georg GmbH Leipzig

Nachtrag:

Was ich bei der Pflege und Behandlung oder auch außerhalb meiner stationären Tätigkeit im Umgang mit Menschen sehe und höre, das man nicht weiterreden darf, werde ich verschweigen und als Geheimnis bewahren.

Aus dem hippokratischen Eid